낭독필사 **비움의 힘**

낭독필사 비움의 힘

위의 QR코드를 스캔하면 녹음 MP3 전체 파일을 내려받을
수 있습니다. 또한, 각 Day마다 QR코드가 삽입되어 있으
므로 낭독하기 전에 즉석에서 들을 수 있습니다.

낭독필사 비움의 힘

2026년 04월 15일 초판 1쇄 인쇄
2026년 04월 20일 초판 1쇄 발행

엮은이 마음결연구소
발행인 손건
편집기획 김미정
마케팅 최관호
디자인 김정희
제작 최승용
인쇄 선경프린테크
이미지 www.shutterstock.com

발행처 열린문학
주소 서울시 영등포구 영신로 34길 19
등록번호 제 312 - 2006 - 00060호
전화 02) 2636 - 0895
팩스 02) 2636 - 0896
이메일 elancom@naver.com

ISBN 979-11-7142-108-4   03800

*열린문학은 **LanCom**의 문학·인문 브랜드입니다.

하루 10분 100일의 기적

비움의 힘

마음결연구소 엮음

머리말

우리는 늘 무언가를 채우며 살아갑니다.
더 생각하고, 더 고민하고,
더 해결하려 애씁니다.
하지만 삶이 복잡해질수록
우리는 한 가지를 잊습니다.
비워야 한다는 것.

마음을 비우지 못하면 생각은 계속 쌓이고,
감정은 정리되지 않은 채 남습니다.
그래서 우리는 점점 더 무거워집니다.

이 책은 그런 상태에서 벗어나기 위해 만들어졌습니다.
무언가를 더하는 책이 아니라,
덜어내는 책입니다.

하루 10분,
짧은 문장을 읽고
소리 내어 낭독하고
손으로 따라 쓰는 시간.
그 단순한 반복 속에서
흐트러진 마음은 천천히 가라앉고,
복잡했던 생각은 자연스럽게 정리됩니다.

이 책은 당신을 바꾸려 하지 않습니다.
대신 이미 당신 안에 있는 고요함을
다시 꺼내도록 돕습니다.

지금 이 순간, 잠시 멈추어 보십시오.
그 자리에서 모든 것은 다시 시작됩니다.

이 책의 구성

이 책은 **하루 10분, 100일 동안 이어지는 낭독필사 프로그램**입니다. 하루는 다음과 같은 네 가지 흐름으로 구성되어 있습니다.

▶ 오늘의 낭독

> 짧고 단정한 문장을 읽습니다.
> 의미를 이해하려 하기보다
> 천천히 소리 내어 읽는 것이 중요합니다.

▶ 오늘의 한마디

> 하루의 핵심 문장입니다.
> 가장 간결한 형태로
> 오늘의 메시지를 붙잡습니다.

▶ 오늘의 필사

> 세 줄의 문장을 직접 써봅니다.
> 읽은 내용을 손으로 옮기며
> 생각과 감정을 정리합니다.

▶ 나의 문장

> 짧은 질문에 답하거나
> 자유롭게 적을 수 있는 공간입니다.
> 기록하지 않아도 괜찮습니다.

이 네 가지 흐름은
읽기 → 멈추기 → 쓰기 → 돌아보기의 과정으로 이어집니다.

이 과정을 반복하면서
마음은 점점 단순해지고 생각은 자연스럽게 정리됩니다.

이 책의 사용법

☞ 왼쪽 페이지_읽고, 멈추기

이 책은
빠르게 읽는 책이 아닙니다.

한 문장씩
천천히 읽어야 합니다.

가능하면
소리 내어 읽어보십시오.

낭독은
생각을 줄이고
문장에 집중하게 만듭니다.

읽다가 멈춰도 괜찮습니다.
이해가 되지 않아도 괜찮습니다.

중요한 것은
속도가 아니라
머무르는 시간입니다.

* 3번 정도 낭독하는 것을 권장합니다.

필사는
잘 쓰는 것이 목적이 아닙니다.

그저 한 글자씩 따라 쓰며
흐름을 느끼면 됩니다.

문장을 쓰다 보면
생각이 줄어들고
마음이 정리됩니다.

'나의 문장'은
꼭 쓰지 않아도 괜찮습니다.

생각이 떠오를 때만
자연스럽게 적어보십시오.

이 책은
완벽하게 채우는 책이 아니라
자연스럽게 머무르는 책입니다.

하루 10분이면 충분합니다.

그 시간을 당신에게 돌려주십시오.

* 3줄의 문장을 3번 반복해서 씁니다.

Contents

멈추지 않으면 보이지 않습니다.
모든 것은 멈추는 순간부터 정리되기 시작합니다.

Part 1

멈춤

▶ 흐름을 끊고 멈추는 단계 ◀

01 멈춰 서다

▶ 오늘의 낭독

생각이 많아질수록
마음은 더 복잡해진다

정리하려 할수록
더 얽히고 쌓인다

나는 계속
무언가를 해결하려 한다

하지만 멈추는 순간
흐름은 자연히 가라앉는다

아무것도 하지 않으면
마음은 저절로 가라앉는다

▶ 오늘의 한마디

잠깐 멈춰도 괜찮다.

오늘의 필사

나는 오늘 걸음을 멈춘다.
서두르지 않고 그 자리에 선다.
멈추는 순간 나는 나를 만난다.

나의 문장

지금 내가 멈추지 못하고 있는 이유는 무엇인가?

02 걸음을 늦추다

서두를수록
마음은 더 조급해진다

빠르게 가야 한다는 생각이
나를 밀어붙인다

나는 속도를 줄이지 못한 채
계속 나아간다

하지만 걸음을 늦추면
주변이 보이기 시작한다

느린 걸음 속에서
나는 숨을 고른다

오늘의 한마디
천천히 가도 괜찮다.

나는 오늘 속도를 늦춘다.
조급함을 내려놓고 천천히 걸어간다.
느려질수록 나는 편안해진다.

나의 문장

지금 내가 서두르고 있는 일은 무엇인가?

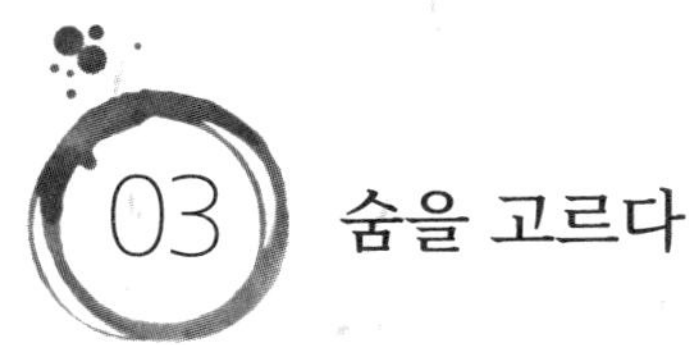

03 숨을 고르다

바쁘게 움직일수록
숨은 점점 짧아진다

나는 멈추지 못한 채
계속 이어간다

호흡이 흐트러질 때
마음도 흔들린다

잠시 멈춰 숨을 고르면
리듬이 다시 돌아온다

차분한 호흡 속에서
나는 안정을 찾는다

숨을 고르면 마음이 가라앉는다.

나는 오늘 숨을 고른다.
서두르지 않고 천천히 호흡한다.
호흡이 안정되면 나는 차분해진다.

오늘 나는 어떤 순간에 숨을 고르려 했는가?

움직임을 줄이다

오늘의 낭독

많이 움직일수록
나는 더 지쳐간다

해야 할 일들이
나를 계속 흔든다

나는 멈추지 못한 채
계속 움직인다

하지만 움직임을 줄이면
몸과 마음이 가벼워진다

덜어낸 자리에서
나는 여유를 느낀다

오늘의 한마디
줄일수록 가벼워진다.

나는 오늘 움직임을 줄인다.
불필요한 행동을 하나씩 덜어낸다.
줄어든 만큼 나는 편안해진다.

나의 문장

지금 내가 줄여도 되는 움직임은 무엇인가?

05 속도를 내려놓다

빠르게 가야 한다는 생각이
나를 지치게 만든다

나는 멈추지 못한 채
계속 속도를 올린다

속도는 점점 빨라지고
마음은 더 불안해진다

하지만 속도를 내려놓으면
흐름이 부드러워진다

천천히 갈 때
나는 나를 지킬 수 있다

오늘의 한마디

속도를 내려놓으면 편안해진다.

나는 오늘 속도를 내려놓는다.
빠르지 않아도 괜찮다고 말한다.
천천히 가며 나는 안정된다.

지금 내가 내려놓아야 할 속도는 무엇인가?

06 발걸음을 멈추다

계속 걸어갈수록
나는 더 멀어지는 느낌이 든다

어디로 가는지 모른 채
그저 나아간다

멈추지 않으면
방향도 보이지 않는다

발걸음을 멈추는 순간
길이 다시 드러난다

그 자리에서
나는 방향을 다시 본다

오늘의 한마디
멈추면 길이 보인다.

나는 오늘 발걸음을 멈춘다.
무작정 나아가기보다 잠시 멈춘다.
멈추는 순간 길이 보인다.

지금 내가 방향 없이 가고 있는 곳은 어디인가?

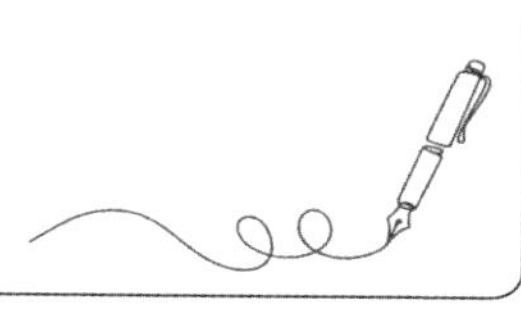

# 잠시 머무르다

▼ 오늘의 낭독

계속 나아가야 한다는 생각이
나를 쉬지 못하게 만든다

나는 멈추지 못한 채
앞으로만 간다

하지만 머무르는 시간은
나를 다시 살핀다

잠시 멈춰 있을 때
마음은 차분해진다

머무는 순간
나는 나를 돌아본다

▼ 오늘의 한마디
머물러야 나를 돌아볼 수 있다.

나는 오늘 잠시 머문다.
앞으로 가지 않고 그 자리에 선다.
머무는 동안 나는 나를 본다.

지금 내가 머물러야 할 곳은 어디인가?

08 흐름을 끊다

계속 이어지는 흐름 속에서
나는 나를 잃는다

생각과 일들이
멈추지 않고 이어진다

나는 그 흐름에
그대로 따라간다

하지만 흐름을 끊는 순간
모든 것이 잠잠해진다

끊어진 자리에서
나는 다시 시작한다

▼ 오늘의 한마디
끊어야 다시 시작할 수 있다.

▶ 오늘의 필사

나는 오늘 흐름을 끊는다.
계속 이어가던 것을 잠시 멈춘다.
끊어낸 자리에서 나는 새로 시작한다.

▶ 나의 문장

지금 내가 끊어야 할 흐름은 무엇인가?

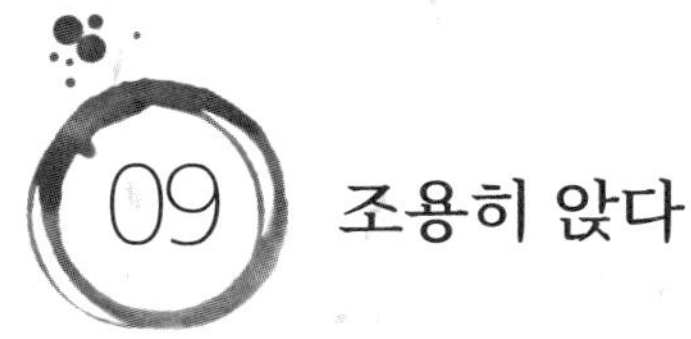

09 조용히 앉다

움직임이 많을수록
마음은 더 산만해진다

나는 계속 무언가를 하며
가만히 있지 못한다

조용히 앉아 있는 시간은
낯설게 느껴진다

하지만 멈춰 앉으면
생각이 차분해진다

고요한 자리에서
나는 안정을 찾는다

오늘의 한마디
고요 속에서 마음은 가라앉는다.

▶ 오늘의 필사

나는 오늘 조용히 앉는다.
아무것도 하지 않고 그대로 머문다.
고요한 시간 속에서 나는 편안해진다.

▶ 나의 문장

지금 내가 조용히 앉아야 할 이유는 무엇인가?

그대로 멈추다

오늘의 낭독

무언가를 해야 한다는 생각이
나를 계속 움직이게 만든다

나는 멈추지 못한 채
계속 이어간다

가만히 있는 순간이
불안하게 느껴진다

하지만 그대로 멈추면
마음은 서서히 가라앉는다

아무것도 하지 않을 때
나는 비로소 쉰다

오늘의 한마디

그대로 멈춰야 비로소 쉴 수 있다.

오늘의 필사

나는 오늘 그대로 멈춘다.
무언가를 하지 않아도 괜찮다고 말한다.
멈춘 자리에서 나는 쉰다.

나의 문장

지금 내가 멈추지 못하는 가장 큰 이유는 무엇인가?

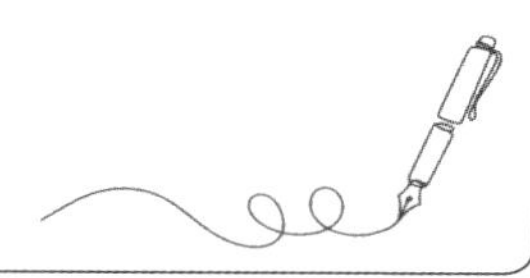

11 멈춘 자리를 지키다

잠시 멈추었어도
나는 다시 움직이려 한다

가만히 있는 시간이
어색하게 느껴진다

나는 멈춘 자리를
금세 떠나려 한다

하지만 그대로 머무르면
마음은 더 깊이 가라앉는다

그 자리를 지킬 때
나는 비로소 쉬게 된다

오늘의 한마디

멈춘 자리에도 머물러야 한다.

나는 오늘 멈춘 자리를 지킨다.
다시 움직이려 하지 않고 그대로 머문다.
머무는 순간 나는 깊이 쉰다.

나의 문장

지금 내가 오래 머물지 못하고 떠나려는 이유는 무엇인가?

 서두름을 내려놓다

서두르는 마음은
나를 계속 밀어붙인다

빨리 끝내야 한다는 생각이
나를 조급하게 만든다

나는 쉬지 못한 채
다음으로 넘어간다

하지만 서두름을 내려놓으면
시간은 느슨해진다

느슨해진 흐름 속에서
나는 숨을 돌린다

서두르지 않아도 괜찮다.

나는 오늘 서두름을 내려놓는다.
빨리 가야 한다는 생각을 멈춘다.
천천히 가며 나는 여유를 찾는다.

지금 내가 조급해하는 이유는 무엇인가?

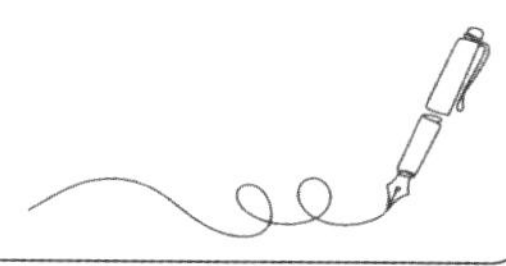

천천히 시작하다

▼ 오늘의 낭독

무언가를 시작할 때
나는 서두르려 한다

빨리 해야 한다는 생각이
마음을 앞서간다

나는 준비되지 않은 채
바로 움직인다

하지만 천천히 시작하면
흐름이 안정된다

차분한 시작 속에서
나는 중심을 잡는다

▼ 오늘의 한마디

천천히 시작해도 늦지 않다.

나는 오늘 천천히 시작한다.
서두르지 않고 준비를 갖춘다.
차분하게 시작하며 중심을 잡는다.

지금 내가 급하게 시작하려는 일은 무엇인가?

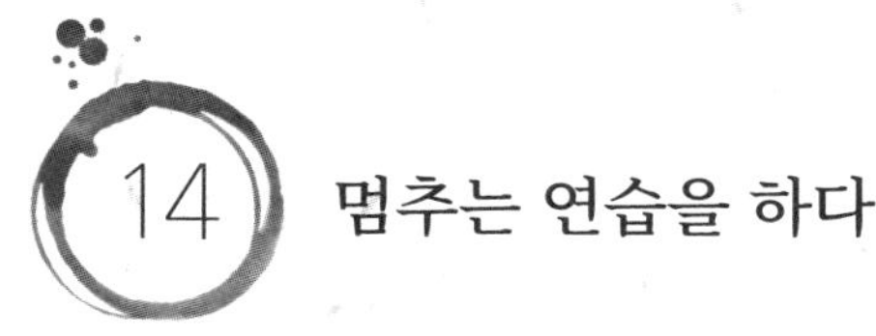

14 멈추는 연습을 하다

멈추는 일은
생각보다 쉽지 않다

나는 계속 움직는 것에
익숙해져 있다

가만히 있는 순간이
불안하게 느껴진다

하지만 멈추는 연습을 하면
점점 익숙해진다

반복되는 멈춤 속에서
나는 차분해진다

멈추는 것도 연습이 필요하다.

나는 오늘 멈추는 연습을 한다.
잠시 멈추는 시간을 반복한다.
익숙해질수록 나는 차분해진다.

▰ 나의 문장

나는 얼마나 자주 멈추는 연습을 하고 있는가?

15 조급함을 내려놓다

오늘의 낭독

조급한 마음은
나를 계속 흔든다

빨리 가야 한다는 생각이
나를 불안하게 만든다

나는 그 불안을 안고
계속 움직인다

하지만 조급함을 내려놓으면
마음은 가라앉는다

차분해진 마음에
평화로움이 깃든다

오늘의 한마디

조급함을 내려놓으면 마음이 편해진다.

나는 오늘 조급함을 비운다.
서두르는 마음을 내려놓는다.
차분해지며 나는 안정된다.

지금 내 마음을 가장 조급하게 만드는 것은 무엇인가?

# 멈춤을 선택하다

나는 계속 움직이는 것을
당연하게 여긴다

멈추지 않는 흐름 속에서
살아가고 있다

멈춤은 선택이 아니라
멈출 수 없는 상태처럼 느껴진다

하지만 멈춤을 선택하는 순간
흐름은 달라진다

스스로 멈출 때
나는 나를 지킨다

오늘의 한마디

멈춤은 선택할 수 있다.

나는 오늘 멈춤을 선택한다.
흐름에 끌려가지 않고 멈춘다.
선택하는 순간 나는 중심을 잡는다.

나는 멈추는 것을 선택하고 있는가?

# 17 멈춰서 바라보다

계속 움직일 때는
보이지 않는 것들이 있다

나는 앞만 보며
지나쳐 버린다

멈추지 않으면
놓치는 것이 많아진다

하지만 멈춰서 바라보면
풍경이 달라진다

그 자리에서
나는 더 많은 것을 본다

오늘의 한마디

멈추면 보이지 않던 것들이 보인다.

나는 오늘 멈춰서 바라본다.
지나치지 않고 잠시 멈춘다.
바라보는 순간 나는 더 많이 본다.

나의 문장

지금 내가 지나치고 있는 것은 무엇인가?

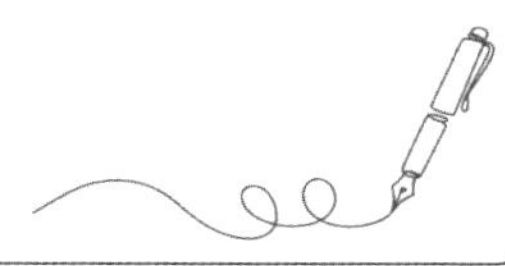

18 속도를 줄이다

빠른 흐름 속에서
나는 나를 놓친다

속도에 맞추느라
숨을 돌리지 못한다

가속도가 붙으면
멈추지도 못한다

하지만 속도를 줄이면
흐름이 느슨해진다

느슨한 흐름 속에서
나는 편안해진다

오늘의 한마디
속도를 비우면 마음이 가벼워진다.

나는 오늘 멈춤에 익숙해진다.
가만히 있는 시간을 받아들인다.
익숙해지며 나는 평온해진다.

나의 문장

나는 멈추는 시간에 얼마나 익숙한가?

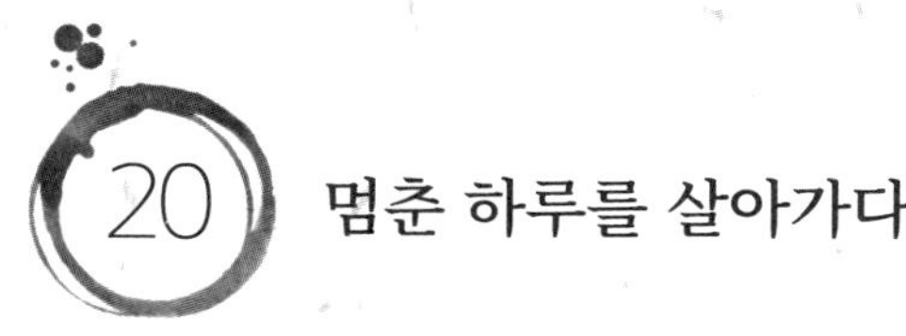# 멈춘 하루를 살아가다

하루를 보내는 동안
나는 계속 움직이려 한다

무언가를 하지 않으면
불안해진다

나는 빈 시간을
채우려 애쓴다

하지만 멈춘 하루를 살면
흐름이 달라진다

멈춘 시간 속에서
나는 나를 회복한다

오늘의 한마디

멈춘 하루로 나를 회복한다.

Part 2

감각

▶ 몸으로 돌아오는 단계 ◀

21 숨을 느끼다

숨은 늘 이어지지만
나는 그 존재를 잊고 산다

바쁘게 움직일수록
호흡은 얕아진다

나는 숨을 쉬면서도
숨을 느끼지 못한다

하지만 숨에 집중하면
흐름이 다시 살아난다

조용한 호흡 속에서
나는 나를 느낀다

오늘의 한마디

숨을 느끼는 순간 나를 느낀다.

나는 오늘 숨을 느낀다.
호흡에 천천히 집중한다.
숨을 느끼며 나는 안정된다.

나의 문장

지금 나는 내 숨을 얼마나 느끼고 있는가?

 **몸을 인식하다**

몸은 늘 나와 함께 있지만
나는 자주 놓치고 산다

생각에 빠질수록
몸의 감각은 흐려진다

나는 머릿속에 머문 채
몸을 잊는다

하지만 몸을 인식하면
현재로 돌아온다

몸의 존재를 느끼는 순간
나는 여기 있다

▶ 오늘의 한마디

몸을 느끼면 지금에 닿는다.

오늘의 필사

나는 오늘 몸을 인식한다.
내 몸의 감각을 천천히 느낀다.
몸을 느끼며 나는 현재에 머문다.

나의 문장

지금 내 몸이 보내는 신호는 무엇인가?

# 23 손끝에 집중하다

손은 늘 움직이지만
나는 그 감각을 느끼지 못한다

익숙한 움직임 속에서
감각은 사라진다

나는 손을 쓰면서도
손끝을 놓친다

하지만 손끝에 집중하면
미세한 감각이 살아난다

작은 움직임 속에서
나는 지금을 느낀다

오늘의 한마디
작은 감각이 나를 현재로 데려온다.

60

▼ 오늘의 필사

나는 오늘 손끝에 집중한다.
작은 감각을 놓치지 않는다.
느끼는 순간 나는 깨어난다.

▼ 나의 문장

지금 내가 느낄 수 있는 가장 작은 감각은 무엇인가?

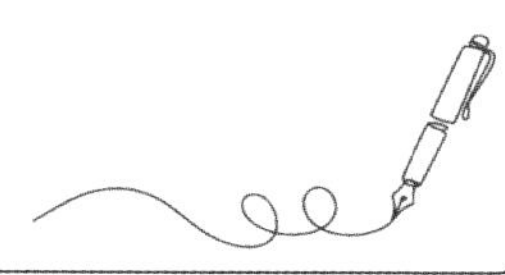

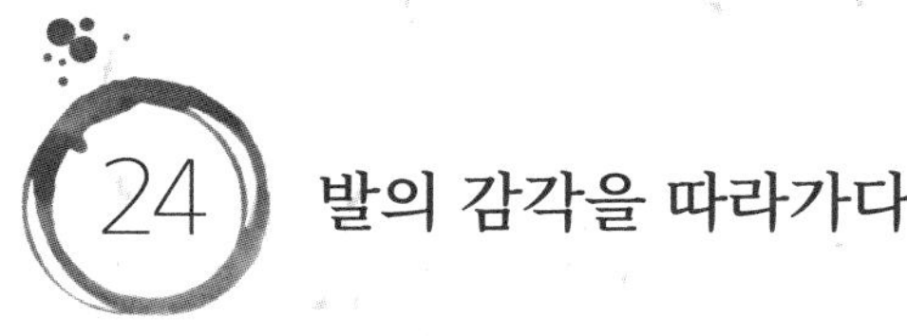

24 발의 감각을 따라가다

걸음을 옮기면서도
나는 발을 의식하지 않는다

익숙한 움직임 속에서
감각은 희미해진다

나는 걷고 있지만
발을 느끼지 못한다

하지만 발의 감각을 따라가면
움직임이 또렷해진다

발이 닿는 순간마다
나는 지금을 느낀다

오늘의 한마디

발의 감각은 지금을 알려준다.

▾ 오늘의 필사

나는 오늘 발의 감각을 느낀다.
걸음 하나하나를 의식한다.
느끼며 걷는 순간 나는 현재에 있다.

▾ 나의 문장

지금 내 발이 느끼고 있는 감각은 무엇인가?

 **호흡에 머물다**

◢ 오늘의 낭독

숨은 계속 흐르지만
나는 금세 다른 곳으로 향한다

생각은 이어지고
마음은 흩어진다

나는 호흡을 놓친 채
다른 곳을 헤맨다

하지만 호흡에 머무르면
흐름이 단순해진다

하나의 숨 속에서
나는 고요해진다

◢ 오늘의 한마디

호흡에 머무르면 마음이 고요해진다.

나는 오늘 호흡에 머문다.
다른 생각을 내려놓는다.
숨을 따라가며 나는 고요해진다.

◤ 나의 문장

나는 얼마나 오래 호흡에 머물 수 있는가?

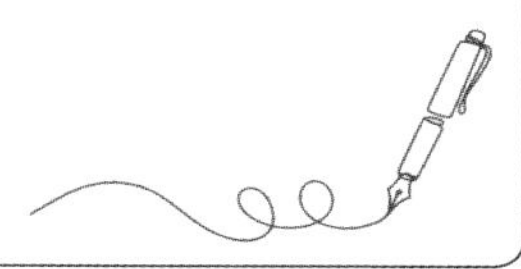

26 몸의 긴장을 풀다

몸은 긴장을 쌓아두지만
나는 그것을 알아차리지 못한다

익숙해진 긴장은
자연스러운 상태처럼 느껴진다

나는 긴장한 채로
하루를 이어간다

하지만 긴장을 풀어내면
몸이 가벼워진다

풀린 자리에서
나는 편안해진다

오늘의 한마디

긴장을 풀면 마음도 함께 풀린다.

나는 오늘 몸의 긴장을 푼다.
힘을 빼고 부드럽게 이완한다.
풀어낸 만큼 나는 편안해진다.

지금 내 몸에서 가장 긴장된 곳은 어디인가?

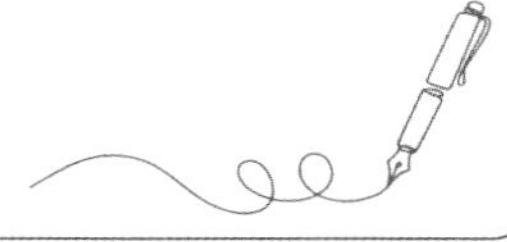

27 감각에 집중하다

▼ 오늘의 낭독

감각은 늘 존재하지만
나는 쉽게 놓쳐버린다

생각이 앞설수록
느낌은 사라진다

나는 느끼기보다
생각하며 살아간다

하지만 감각에 집중하면
현재가 또렷해진다

느끼는 순간
나는 지금에 머문다

▼ 오늘의 한마디
느끼는 순간 지금이 선명해진다.

나는 오늘 감각에 집중한다.
느낌을 있는 그대로 받아들인다.
집중하는 순간 나는 또렷해진다.

나의 문장

지금 내가 가장 또렷하게 느끼는 감각은 무엇인가?

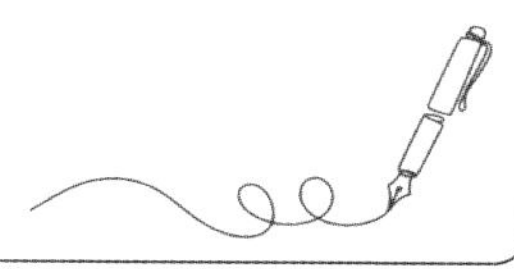

28 몸의 흐름을 따라가다

몸은 스스로 흐르지만
나는 그 흐름을 거스른다

생각이 앞서며
몸을 밀어붙인다

나는 몸의 신호를 무시한 채
계속 이어간다

하지만 흐름을 따라가면
움직임이 부드러워진다

몸을 따르는 순간
나는 자연스러워진다

오늘의 한마디

몸의 흐름을 따르면 자연스러워진다.

나는 오늘 몸의 흐름을 따른다.
억지로 움직이지 않는다.
흐름 속에서 나는 편안해진다.

나의 문장

나는 몸의 신호를 얼마나 따르고 있는가?

# 29 지금을 감각하다

지금 이 순간은 분명하지만
나는 자주 놓치고 산다

생각은 과거와 미래로
계속 흘러간다

나는 현재에 있으면서도
지금을 느끼지 못한다

하지만 감각에 머무르면
지금이 또렷해진다

또렷한 감각 속에서
나는 살아 있음을 느낀다

오늘의 한마디
감각으로 지금을 만날 수 있다.

나는 오늘 지금을 감각한다.
현재에 머물며 느낀다.
느끼는 순간 나는 살아 있다.

◤ 나의 문장

지금 이 순간 내가 느끼고 있는 것은 무엇인가?

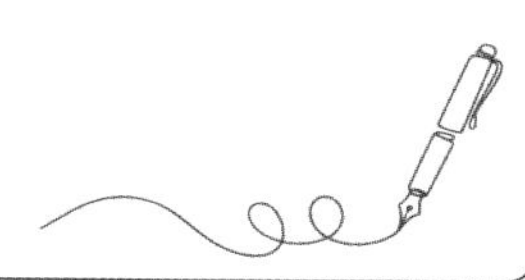

30 호흡의 리듬을 느끼다

숨은 일정한 리듬을 가지지만
나는 그것을 놓치고 산다

빠르게 흐를수록
리듬은 흐트러진다

나는 호흡을 의식하지 않은 채
계속 이어간다

하지만 리듬을 느끼면
흐름이 안정된다

고른 호흡 속에서
나는 균형을 찾는다

오늘의 한마디
호흡의 리듬은 마음을 안정시킨다.

나는 오늘 호흡의 리듬을 느낀다.
고르게 숨을 이어간다.
리듬 속에서 나는 안정된다.

나의 문장

지금 내 호흡의 리듬은 어떤 상태인가?

# 31 몸의 흐름을 감지하다

몸은 늘 흐르고 있지만
나는 그 변화를 놓친다

미세한 움직임은
쉽게 지나쳐진다

나는 몸의 흐름을 느끼지 못한 채
계속 이어간다

하지만 감지하는 순간
움직임이 또렷해진다

몸의 흐름 속에서
나는 지금을 느낀다

오늘의 한마디
몸의 흐름을 느끼면 지금이 선명해진다.

나는 오늘 몸의 흐름을 감지한다.
작은 움직임을 놓치지 않는다.
느끼는 순간 나는 또렷해진다.

나의 문장

지금 내 몸은 어떤 흐름을 보내고 있는가?

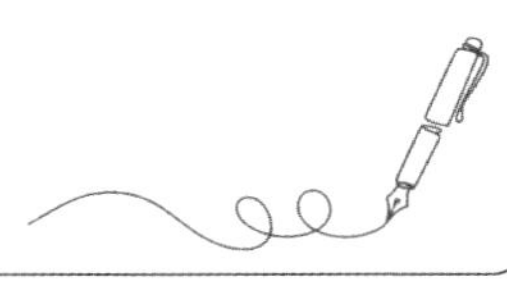

32 감각을 깨우다

감각은 늘 존재하지만
나는 자주 잠재워 둔다

익숙한 하루 속에서
느낌은 무뎌진다

나는 느끼기보다
지나쳐 버린다

하지만 감각을 깨우면
모든 것이 새로워진다

깨어난 감각 속에서
나는 살아 있음을 느낀다

오늘의 한마디

감각이 깨어나면 지금이 살아난다.

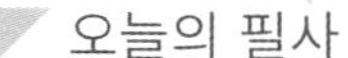 오늘의 필사

나는 오늘 감각을 깨워낸다.
느낌을 다시 불러온다.
깨어난 순간 나는 살아난다.

 나의 문장

지금 내가 놓치고 있는 감각은 무엇인가?

33 몸과 함께 머물다

▼ 오늘의 낭독

생각에 머물수록
몸은 멀어진다

나는 머릿속에 갇힌 채
몸을 잊는다

몸은 여기 있지만
나는 다른 곳에 있다

하지만 몸과 함께 머무르면
현재가 또렷해진다

몸을 느끼는 순간
나는 지금에 머문다

▼ 오늘의 한마디

몸과 함께 있을 때 지금에 닿는다.

80

나는 오늘 몸과 함께 머문다.
생각에서 벗어나 몸을 느낀다.
머무는 순간 나는 현재에 있다.

지금 나는 몸과 함께 머물고 있는가?

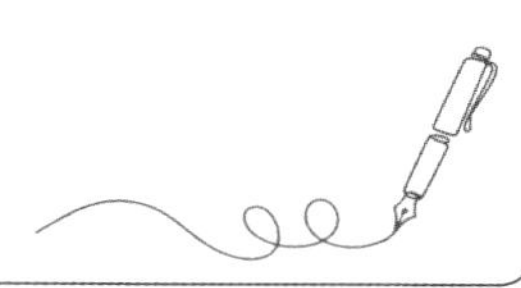

34 숨의 길을 따라가다

숨은 일정한 길을 따라
흐르고 있다

나는 그 흐름을 의식하지 않은 채
지나친다

숨은 이어지지만
나는 놓치고 있다

하지만 숨의 길을 따라가면
흐름이 또렷해진다

호흡의 길 위에서
나는 안정된다

▮ 오늘의 한마디
숨을 따라가면 흐름이 정리된다.

▶ 오늘의 필사

나는 오늘 숨의 길을 따라간다.
호흡의 흐름을 느낀다.
따라가는 순간 나는 안정된다.

▶ 나의 문장

지금 내 숨은 어디로 흐르고 있는가?

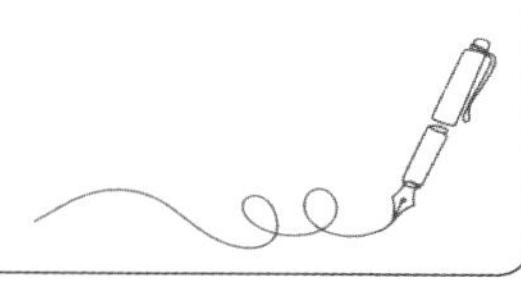

35 몸의 신호를 받아들이다

몸은 계속 신호를 보내지만
나는 그것을 거부한다

불편한 감각은
피하고 싶어진다

나는 몸의 신호를
외면하려 한다

하지만 받아들이면
흐름이 부드러워진다

몸의 신호 속에서
나는 나를 이해한다

오늘의 한마디

몸의 신호를 받아들이면 편안해진다.

▰ 오늘의 필사

나는 오늘 몸의 신호를 받아들인다.
불편함을 밀어내지 않는다.
받아들이는 순간 나는 편안해진다.

▰ 나의 문장

지금 내 몸이 보내는 신호를 나는 받아들이고 있는가?

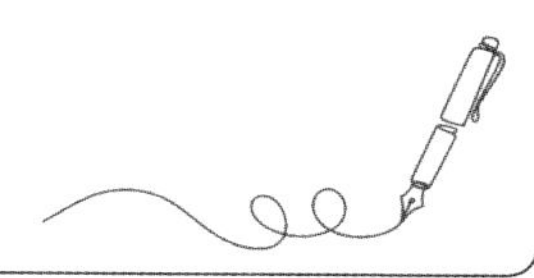

# 36 감각에 머무르다

[illegible]오늘의 낭독

감각은 잠시 머물다
금세 사라진다

나는 그 순간을
붙잡지 못한다

느낌은 지나가고
나는 다시 생각으로 돌아간다

하지만 감각에 머무르면
시간이 느려진다

머무는 동안
나는 현재에 깊어진다

오늘의 한마디

감각에 머물면 시간이 느려진다.

오늘의 필사

나는 오늘 감각에 머문다.
느낌을 놓치지 않는다.
머무는 순간 나는 깊어진다.

나의 문장

지금 내가 붙잡지 못하고 지나치는 감각은 무엇인가?

37 호흡을 깊게 이어가다

숨은 이어지고 있지만
나는 얕게만 머문다

바쁜 흐름 속에서
호흡은 짧아진다

나는 깊이 숨 쉬지 못한 채
계속 이어간다

하지만 깊게 이어가면
리듬이 안정된다

깊어진 호흡 속에서
나는 고요해진다

깊은 호흡은 마음을 가라앉힌다.

나는 오늘 호흡을 깊게 이어간다.
천천히 숨을 들이쉬고 내쉰다.
깊어질수록 나는 고요해진다.

지금 내 호흡은 얼마나 깊은가?

# 몸을 가볍게 두다

몸에 힘이 들어갈수록
나는 더 긴장한다

작은 움직임에도
무게가 실린다

나는 힘을 빼지 못한 채
계속 버틴다

하지만 몸을 가볍게 두면
움직임이 부드러워진다

가벼운 상태에서
나는 편안해진다

오늘의 한마디

힘을 빼면 몸이 가벼워진다.

▼ 오늘의 필사

나는 오늘 몸을 가볍게 둔다.
불필요한 힘을 내려놓는다.
가벼워질수록 나는 편안해진다.

▼ 나의 문장

지금 내 몸에서 힘이 들어간 곳은 어디인가?

39 감각을 넓혀가다

오늘의 낭독

감각은 한 곳에 머물지만
나는 쉽게 좁아진다

한 가지에 집중할수록
다른 것은 사라진다

나는 제한된 느낌 속에서
머물러 있다

하지만 감각을 넓혀가면
모든 것이 연결된다

확장된 감각 속에서
나는 더 크게 느낀다

오늘의 한마디

감각을 넓히면 세계가 확장된다.

나는 오늘 감각을 넓혀간다.
한 곳에 머물지 않는다.
넓어질수록 나는 자유로워진다.

지금 내가 좁게 느끼고 있는 감각은 무엇인가?

40 숨으로 돌아오다

흐름이 흐트러질 때마다
나는 다른 곳으로 향한다

생각은 흩어지고
마음은 멀어진다

나는 중심을 잃은 채
계속 이어간다

하지만 숨으로 돌아오면
흐름이 다시 이어진다

호흡 속에서
나는 중심을 찾는다

오늘의 한마디
숨으로 돌아오면 다시 중심을 찾는다.

나는 오늘 숨으로 돌아온다.
흐트러진 마음을 모은다.
호흡 속에서 나는 중심을 찾는다.

나의 문장

나는 흔들릴 때 어디로 돌아가고 있는가?

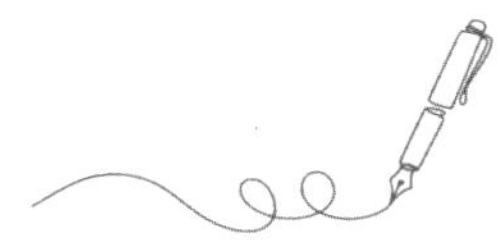

자연은 아무것도 하지 않지만

모든 것을 회복시킵니다.

Part 3
자연

41 바람을 느끼다

바람은 늘 스치지만
나는 그것을 놓친다

익숙한 흐름 속에서
감각은 사라진다

나는 바람을 느끼지 못한 채
지나쳐 간다

하지만 바람에 머물면
움직임이 또렷해진다

스치는 순간 속에서
나는 지금을 느낀다

오늘의 한마디
바람은 지금을 알려준다.

나는 오늘 바람을 느낀다.
스치는 감각에 머문다.
느끼는 순간 나는 깨어난다.

나의 문장

지금 내 주변을 스치는 바람은 어떤 느낌인가?

42 햇살을 받아들이다

▼ 오늘의 낭독

햇살은 늘 비추지만
나는 그것을 의식하지 않는다

빛은 닿고 있지만
느낌은 흐려진다

나는 바쁜 흐름 속에서
그 따뜻함을 놓친다

하지만 햇살을 받아들이면
감각이 살아난다

닿는 순간 속에서
나는 온기를 느낀다

▼ 오늘의 한마디

햇살은 마음을 따뜻하게 한다.

나는 오늘 햇살을 받아들인다.
빛이 닿는 감각을 느낀다.
따뜻함 속에서 나는 편안해진다.

지금 내가 느끼는 햇살의 온도는 어떠한가?

43 하늘을 올려다보다

하늘은 늘 열려 있지만
나는 위를 보지 않는다

시선은 아래로 향하고
생각은 좁아진다

나는 같은 자리에서
앞만 바라본다

하지만 올려다보면
시야가 넓어진다

넓어진 공간 속에서
나는 숨을 고른다

오늘의 한마디
하늘은 마음을 넓혀준다.

나는 오늘 하늘을 올려다본다.
시선을 위로 올린다.
넓어진 순간 나는 여유를 느낀다.

나는 마지막으로 언제 하늘을 올려다보았는가?

# 나무를 바라보다

나무는 늘 그 자리에 있지만
나는 그것을 지나친다

익숙한 풍경 속에서
존재는 흐려진다

나는 나무를 보면서도
바라보지 않는다

하지만 멈춰 바라보면
형태가 또렷해진다

고요한 모습 속에서
나는 안정된다

오늘의 한마디

바라보면 비로소 보인다.

나는 오늘 나무를 바라본다.
그 자리에 멈춰 선다.
바라보는 순간 나는 차분해진다.

지금 내가 제대로 바라보지 못하고 있는 것은 무엇인가?

# 45 물의 흐름을 따라가다

물은 멈추지 않고
계속 흐르고 있다

흐름은 자연스럽지만
나는 그것을 의식하지 않는다

나는 빠르게 지나가며
그 움직임을 놓친다

하지만 따라가면
리듬이 느껴진다

흐르는 모습 속에서
나는 편안해진다

오늘의 한마디
흐름을 따르면 마음이 부드러워진다.

나는 오늘 물의 흐름을 따른다.
흐르는 리듬을 느낀다.
따라가는 순간 나는 편안해진다.

나의 문장

지금 내 삶에서 자연스럽게 흐르고 있는 것은 무엇인가?

# 46 구름을 바라보다

구름은 계속 변하지만
나는 그 변화를 보지 않는다

시선은 고정되어 있고
생각은 멈춰 있다

나는 같은 모습만
기억하려 한다

하지만 바라보면
형태는 계속 달라진다

변화 속에서
나는 흐름을 느낀다

오늘의 한마디
변화는 자연스러운 흐름이다.

나는 오늘 구름을 바라본다.
변하는 모습을 그대로 본다.
흐름 속에서 나는 받아들인다.

나는 변화를 얼마나 자연스럽게 받아들이고 있는가?

47 숲을 걸어가다

숲은 고요하지만
나는 쉽게 그 고요를 놓친다

걸음은 이어지고
생각은 계속 흐른다

나는 숲 속에서도
바쁘게 움직인다

하지만 천천히 걸으면
소리가 들리기 시작한다

고요한 공간 속에서
나는 안정된다

오늘의 한마디
고요 속에서 마음은 정리된다.

◤ 오늘의 필사

나는 오늘 숲을 걸어간다.
천천히 발걸음을 옮긴다.
걸으며 나는 고요해진다.

◤ 나의 문장

나는 얼마나 조용한 공간에 머물고 있는가?

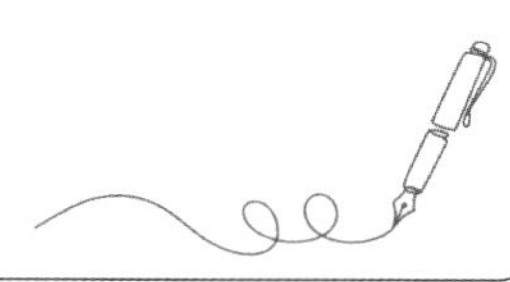

 빛을 받아들이다

빛은 늘 비추지만
나는 그것을 느끼지 못한다

익숙한 밝음 속에서
감각은 사라진다

나는 빛 속에 있으면서도
그 존재를 놓친다

하지만 받아들이면
공간이 달라진다

밝아진 순간 속에서
나는 선명해진다

오늘의 한마디
빛은 지금을 밝힌다.

나는 오늘 빛을 받아들인다.
밝음을 그대로 느낀다.
비추는 순간 나는 선명해진다.

나의 문장

지금 내 주변을 밝히고 있는 것은 무엇인가?

49 자연을 마주하다

자연은 늘 곁에 있지만
나는 그것을 외면한다

익숙한 환경 속에서
감각은 무뎌진다

나는 자연 속에 있으면서도
그 존재를 느끼지 못한다

하지만 마주하면
느낌이 살아난다

그 자리에서
나는 연결된다

오늘의 한마디

자연은 나를 현재로 데려온다.

나는 오늘 자연을 마주한다.
있는 그대로 바라본다.
마주하는 순간 나는 연결돈다.

나의 문장

나는 자연을 얼마나 가까이 두고 있는가?

50 자연 속에 머물다

자연은 흐르고 있지만
나는 그 속에 머물지 못한다

시간은 빠르게 지나가고
나는 계속 움직인다

나는 머무르지 못한 채
지나쳐 간다

하지만 멈추면
흐름이 느껴진다

자연 속에서
나는 비로소 쉰다

오늘의 한마디

자연 속에서 마음은 쉬게 된다.

나는 오늘 자연 속에 머문다.
서두르지 않고 머무른다.
머무는 순간 나는 쉰다.

나의 문장

나는 자연 속에서 얼마나 오래 머물 수 있는가?

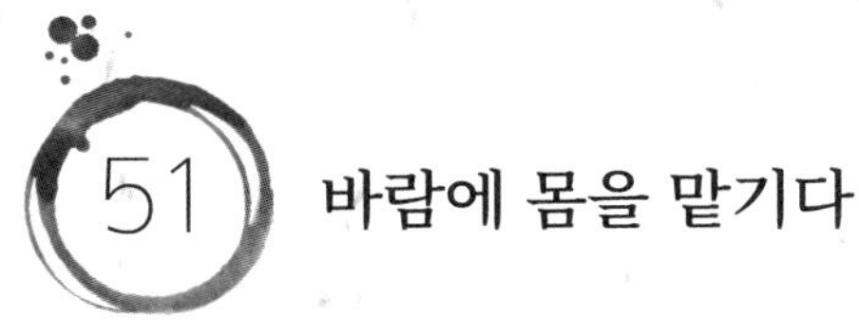 **바람에 몸을 맡기다**

▍ 오늘의 낭독

바람은 스치며 흐르지만
나는 그 흐름을 거스른다

몸은 긴장한 채
움직임을 멈추지 않는다

나는 바람을 느끼지 못한 채
지나쳐 간다

하지만 몸을 맡기면
흐름이 부드러워진다

스치는 바람 속에서
나는 가벼워진다

▍ 오늘의 한마디

흐름에 맡기면 몸이 풀린다.

나는 오늘 바람에 몸을 맡긴다.
힘을 빼고 흐름을 따른다.
맡기는 순간 나는 가벼워진다.

▶ 나의 문장

나는 얼마나 자연스럽게 흐름에 몸을 맡기고 있는가?

52 햇살 아래 서다

빛은 늘 비추지만
나는 그 자리에 서지 않는다

익숙한 공간 속에서
햇살은 지나간다

나는 빛을 의식하지 못한 채
시간을 보낸다

하지만 햇살 아래 서면
온기가 전해진다

따뜻한 순간 속에서
나는 편안해진다

오늘의 한마디
빛 속에 서면 마음이 풀린다.

나는 오늘 햇살 아래 선다.
따뜻한 빛을 그대로 느낀다.
서 있는 순간 나는 편안해진다.

▶ 나의 문장

나는 얼마나 자주 햇살을 온전히 느끼고 있는가?

53 나무 곁에 머물다

나무는 조용히 서 있지만
나는 그 곁에 머물지 않는다

지나가는 시선 속에서
존재는 흐려진다

나는 나무를 보면서도
그 의미를 느끼지 못한다

하지만 곁에 머물면
고요가 전해진다

그 자리에서
나는 차분해진다

오늘의 한마디

고요는 머무를 때 느껴진다.

나는 오늘 나무 곁에 머문다.
서두르지 않고 머무른다.
머무는 순간 나는 차분해진다.

나는 얼마나 오래 한 곳에 머물 수 있는가?

54 하늘을 천천히 바라보다

하늘은 넓게 펼쳐져 있지만
나는 빠르게 지나친다

시선은 짧아지고
생각은 좁아진다

나는 위를 보지 않은 채
앞만 바라본다

하지만 천천히 바라보면
공간이 넓어진다

넓어진 시선 속에서
나는 숨을 고른다

오늘의 한마디
천천히 바라보면 마음이 넓어진다.

나는 오늘 하늘을 천천히 바라본다.
시선을 위로 올린다.
바라보는 순간 나는 여유를 느낀다.

나의 문장

나는 얼마나 넓은 시선으로 세상을 보고 있는가?

 물소리를 따라가다

▶ 오늘의 낭독

소리는 흐르고 있지만
나는 그것을 놓친다

익숙한 소음 속에서
감각은 흐려진다

나는 듣고 있으면서도
소리를 느끼지 못한다

하지만 소리를 따라가면
리듬이 또렷해진다

흐르는 소리 속에서
나는 고요해진다

▶ 오늘의 한마디

소리를 따라가면 마음이 잔잔해진다.

나는 오늘 물소리를 따라간다.
흐르는 소리에 집중한다.
따라가는 순간 나는 고요해진다.

나의 문장

나는 얼마나 깊이 소리를 듣고 있는가?

56 숲의 공기를 들이마시다

공기는 늘 존재하지만
나는 그것을 느끼지 않는다

익숙한 호흡 속에서
감각은 사라진다

나는 숨을 쉬면서도
공기를 의식하지 않는다

하지만 들이마시면
느낌이 살아난다

맑은 공기 속에서
나는 정화된다

오늘의 한마디

맑은 숨은 마음을 맑게 한다.

나는 오늘 숲의 공기를 들이마신다.
깊게 숨을 들이쉰다.
들이마시는 순간 나는 맑아진다.

▼ 나의 문장

나는 얼마나 깊고 맑은 숨을 쉬고 있는가?

57 자연과 호흡을 맞추다

▼ 오늘의 낭독

자연은 일정한 리듬으로
흐르고 있다

하지만 나는 그 리듬을
따르지 못한다

내 호흡은 빠르고
흐름은 어긋난다

하지만 호흡을 맞추면
균형이 잡힌다

같은 리듬 속에서
나는 안정된다

▼ 오늘의 한마디

리듬을 맞추면 흐름이 안정된다.

130

오늘의 필사

나는 오늘 자연과 호흡을 맞춘다.
흐름에 맞춰 숨을 쉰다.
맞추는 순간 나는 안정된다.

나의 문장

나는 지금 어떤 리듬으로 숨 쉬고 있는가?

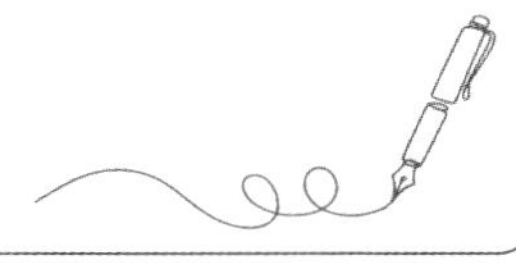

58 바람의 흐름을 따르다

바람은 방향 없이
자유롭게 흐른다

하지만 나는 흐름을
통제하려 한다

움직임을 조절하려 할수록
몸은 더 굳어진다

하지만 따르기 시작하면
자연스러워진다

흐름 속에서
나는 부드러워진다

▛ 오늘의 한마디
흐름을 따르면 몸이 부드러워진다.

나는 오늘 바람의 흐름을 따른다.
억지로 움직이지 않는다.
따르는 순간 나는 부드러워진다.

나는 얼마나 흐름을 통제하려 하고 있는가?

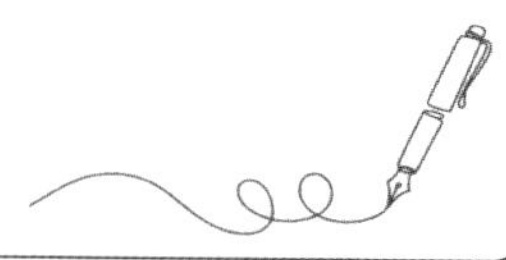

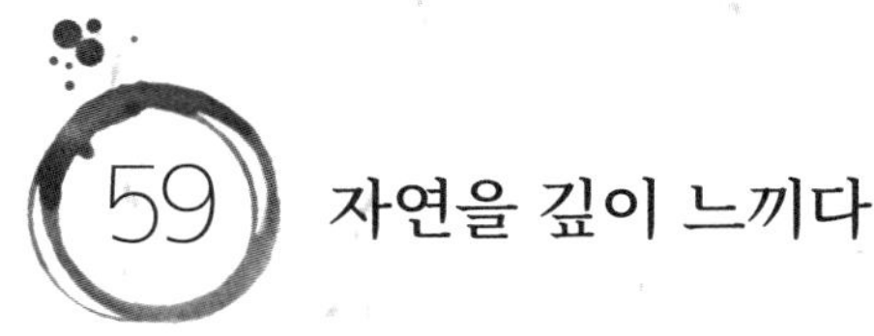

59 자연을 깊이 느끼다

▷ 오늘의 낭독

자연은 늘 가까이 있지만
나는 얕게만 느낀다

익숙함 속에서
감각은 무뎌진다

나는 스쳐 지나가며
깊이 머물지 않는다

하지만 깊이 느끼면
모든 것이 또렷해진다

깊어진 감각 속에서
나는 연결된다

▷ 오늘의 한마디

깊이 느끼면 연결이 생긴다.

나는 오늘 자연을 깊이 느낀다.
스쳐 지나가지 않고 머문다.
느끼는 순간 나는 연결된다.

나는 자연을 얼마나 깊이 느끼고 있는가?

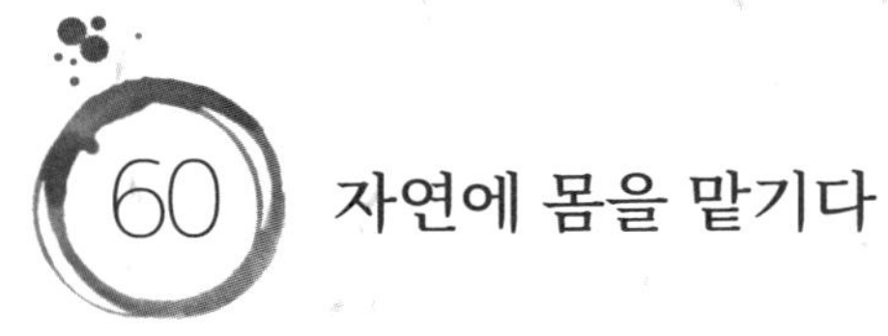

60 자연에 몸을 맡기다

자연은 흐르고 있지만
나는 그 안에서 긴장한다

몸은 굳어 있고
움직임은 어색하다

나는 흐름 속에서도
나를 놓지 못한다

하지만 자연에 몸을 맡기면
편안해진다

그 흐름 속에서
나는 나를 만난다

오늘의 한마디

맡기는 순간 몸은 편안해진다.

나는 오늘 자연에 몸을 맡긴다.
흐름에 저항하지 않는다.
맡기는 순간 나는 편안해진다.

나는 얼마나 자연스럽게 나를 내려놓고 있는가?

비우지 않으면 가벼워질 수 없습니다.

놓는 순간, 삶은 단순해집니다.

Part 4

비움

# 61 내려놓다

나는 계속 무언가를
쥐고 살아간다

놓지 못한 생각이
마음을 무겁게 만든다

나는 이미 충분한 것까지
붙잡고 있다

하지만 내려놓는 순간
무게가 사라진다

비워진 자리에서
나는 가벼워진다

오늘의 한마디

내려놓으면 마음이 가벼워진다.

◤ 오늘의 필사

나는 오늘 내려놓는다.
쥐고 있던 것을 놓는다.
놓는 순간 나는 가벼워진다.

◤ 나의 문장

지금 내가 내려놓아야 할 것은 무엇인가?

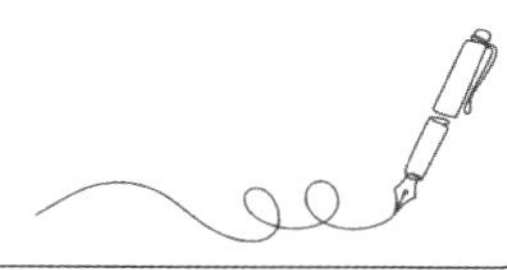

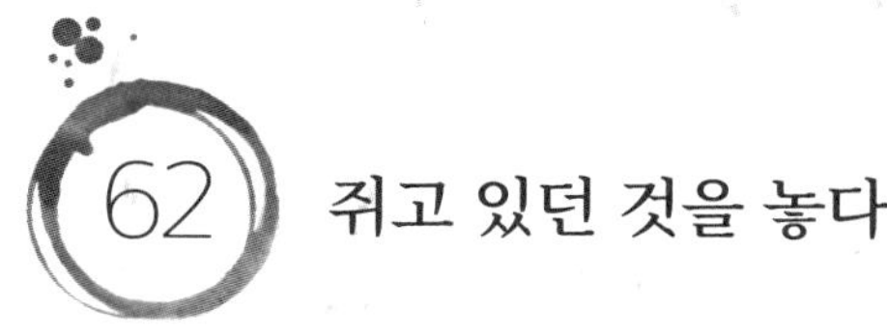

62 쥐고 있던 것을 놓다

나는 익숙한 것들을
계속 붙잡고 있다

잃을까 두려워
쉽게 놓지 못한다

쥐고 있는 만큼
마음은 더 무거워진다

하지만 놓는 순간
부담이 사라진다

비워진 손 위에서
나는 자유로워진다

오늘의 한마디

놓아야 비로소 가벼워진다.

나는 오늘 쥐고 있던 것을 놓는다.
놓지 못했던 것을 풀어낸다.
놓는 순간 나는 자유로워진다.

나는 무엇을 놓지 못하고 붙잡고 있는가?

63 붙잡지 않다

붙잡을수록
마음은 더 조여온다

흐름을 멈추려 할수록
긴장이 쌓인다

나는 흘러가는 것을
붙잡으려 한다

하지만 붙잡지 않으면
흐름은 자연스럽다

흘러가는 순간 속에서
나는 편안해진다

오늘의 한마디

붙잡지 않으면 흐름이 살아난다.

나는 오늘 붙잡지 않는다.
흘러가는 것을 그대로 둔다.
놓아두는 순간 나는 편안해진다.

나는 무엇을 붙잡으려 애쓰고 있는가?

 **덜어내다**

많이 쌓일수록
마음은 더 무거워진다

필요하지 않은 것들이
나를 채우고 있다

나는 덜어내지 못한 채
계속 쌓아간다

하지만 덜어내면
공간이 생겨난다

비워진 자리에서
나는 숨을 쉰다

오늘의 한마디

덜어낼수록 여유가 생긴다.

나는 오늘 덜어낸다.
불필요한 것을 하나씩 줄인다.
덜어낸 만큼 나는 편안해진다.

지금 내 삶에서 덜어내야 할 것은 무엇인가?

65 비워두다

비어 있는 상태는
불안하게 느껴진다

무언가 채워야 할 것 같아
조급해진다

나는 빈 공간을
그대로 두지 못한다

하지만 비워두면
흐름이 이어진다

빈 자리 속에서
나는 여유를 느낀다

비워두면 흐름이 이어진다.

나는 오늘 비워둔다.
채우려 하지 않고 그대로 둔다.
비워둔 만큼 나는 여유를 느낀다.

나의 문장

지금 내가 억지로 채우려 하는 것은 무엇인가?

66 남겨두지 않다

지나간 것들을
나는 계속 남겨둔다

정리되지 않은 감정이
마음을 채운다

나는 비워내지 못한 채
쌓아두고 있다

하지만 남겨두지 않으면
흐름이 가벼워진다

비워낸 자리에서
나는 편안해진다

오늘의 한마디

남겨두지 않을 때 마음이 가벼워진다.

나는 오늘 남겨두지 않는다.
지나간 것을 비워낸다.
비워낸 만큼 나는 편안해진다.

나는 무엇을 아직도 남겨두고 있는가?

# 67 비워낸 자리를 두다

비워낸 뒤에도
나는 다시 채우려 한다

빈 상태를
견디지 못한다

나는 공간을 남기지 않은 채
계속 채워 넣는다

하지만 비워낸 자리를 그대로 두어야
흐름이 생긴다

남겨둔 공간 속에서
나는 숨을 쉰다

비워낸 자리는 그대로 두어야 한다.

오늘의 필사

나는 오늘 비워낸 자리를 둔다.
다시 채우려 하지 않는다.
남겨둔 공간 속에서 나는 쉰다.

나의 문장

나는 비워낸 자리를 그대로 두고 있는가?

68 쌓아두지 않다

나는 계속 무언가를
쌓아두며 살아간다

작은 것들이 모여
무게가 되어간다

나는 쌓이는 것을
그대로 두고 있다

하지만 쌓아두지 않으면
흐름이 가벼워진다

비워진 상태에서
나는 자유로워진다

오늘의 한마디

쌓아두지 않으면 마음이 가벼워진다.

나는 오늘 쌓아두지 않는다.
작은 것부터 비워낸다.
비워낸 만큼 나는 가벼워진다.

나의 문장

나는 무엇을 계속 쌓아두고 있는가?

69 가볍게 두다

무게를 더할수록
나는 더 지쳐간다

생각과 감정이 쌓여
무거워진다

나는 그것을 놓지 못한 채
붙잡고 있다

하지만 가볍게 두면
흐름이 달라진다

가벼운 상태에서
나는 편안해진다

가볍게 두면 마음이 편안해진다.

나는 오늘 가볍게 둔다.
무게를 덜어낸다.
가벼워질수록 나는 편안해진다.

지금 내 마음을 무겁게 하는 것은 무엇인가?

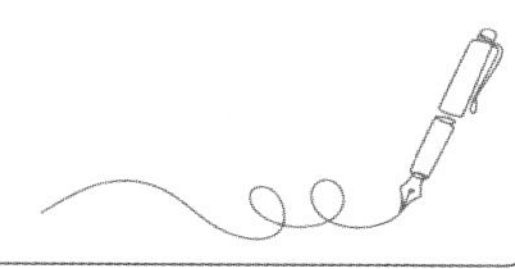

# 놓아두다

붙잡지 않아도 될 것들을
나는 계속 쥐고 있다

흘러가야 할 것들을
나는 멈춰 세운다

나는 놓지 못한 채
계속 붙잡는다

하지만 놓아두면
자연스럽게 흐른다

흐름 속에서
나는 편안해진다

놓아두면 흐름이 이어진다.

오늘의 필사

나는 오늘 놓아둔다.
붙잡지 않고 그대로 둔다.
놓아두는 순간 나는 편안해진다.

나의 문장

나는 무엇을 놓아두지 못하고 있는가?

 **71 더하지 않다**

나는 이미 충분하지만
계속 더하려 한다

채우려는 마음이
나를 바쁘게 만든다

나는 필요하지 않은 것까지
계속 더해간다

하지만 더하지 않으면
흐름이 가벼워진다

비워진 상태에서
나는 편안해진다

더하지 않아도 충분하다.

▼ 오늘의 필사

나는 오늘 더하지 않는다.
이미 있는 것으로 충분하다.
덜어낸 만큼 나는 편안해진다.

▼ 나의 문장

나는 무엇을 계속 더하려 하고 있는가?

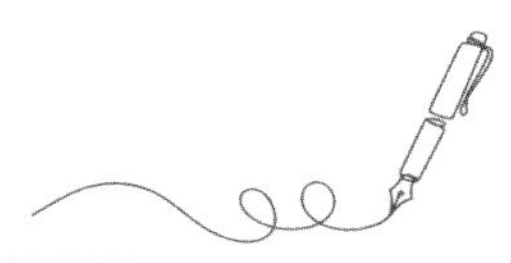

72 채우지 않다

▼ 오늘의 낭독

빈 공간을 보면
나는 채우려 한다

비어 있는 상태가
불안하게 느껴진다

나는 남겨두지 못한 채
계속 채워 넣는다

하지만 채우지 않으면
공간이 살아난다

비어 있는 자리에서
나는 여유를 느낀다

▼ 오늘의 한마디
채우지 않을 때 여유가 생긴다.

나는 오늘 채우지 않는다.
빈 상태를 그대로 둔다.
비워둔 만큼 나는 여유를 느낀다.

◢ 나의 문장

나는 무엇을 채우지 못해 불안해하는가?

73 비움을 선택하다

▼ 오늘의 낭독

나는 무언가를 채우는 선택에
익숙해져 있다

비워두는 일은
낯설게 느껴진다

나는 빈 상태를 피하려
계속 채워 넣는다

하지만 비워두면
흐름이 달라진다

선택하는 순간
나는 가벼워진다

▼ 오늘의 한마디

비워두는 것도 선택이다.

▸ 오늘의 필사

나는 오늘 비움을 선택한다.
채우려는 마음을 멈춘다.
선택하는 순간 나는 가벼워진다.

▸ 나의 문장

나는 얼마나 자주 비움을 선택하고 있는가?

74 덜어내는 시간을 가지다

나는 계속 채우는 데
시간을 쓴다

덜어내는 일은
뒤로 미루어진다

나는 쌓인 것들을
그대로 두고 있다

하지만 시간을 들여 덜어내면
흐름이 정리된다

덜어낸 자리에서
나는 숨을 쉰다

오늘의 한마디

덜어내는 시간도 필요하다.

▶ 오늘의 필사

나는 오늘 덜어내는 시간을 가진다.
쌓인 것을 하나씩 정리한다.
덜어내는 만큼 나는 가벼워진다.

▶ 나의 문장

나는 덜어내는 시간을 충분히 가지고 있는가?

# 75 내려놓는 연습을 이어가다

내려놓는 일은
한 번으로 끝나지 않는다

나는 다시 붙잡고
다시 놓기를 반복한다

익숙한 습관은
쉽게 사라지지 않는다

하지만 이어가면
점점 가벼워진다

반복되는 과정 속에서
나는 변해간다

▼ 오늘의 한마디
내려놓음은 반복될수록 익숙해진다.

나는 오늘 내려놓는 연습을 이어간다.
다시 붙잡아도 다시 놓는다.
이어가는 만큼 나는 가벼워진다.

나는 내려놓는 연습을 얼마나 지속하고 있는가?

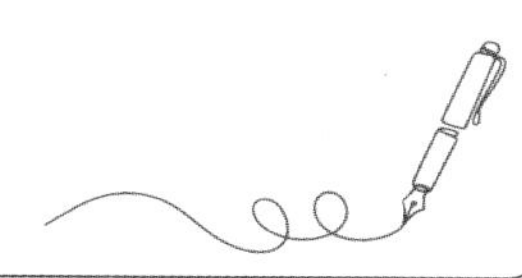

76 비운 채 머물다

비워낸 뒤에도
나는 다시 채우려 한다

빈 상태는
불안하게 다가온다

나는 그 자리를
견디지 못한다

하지만 머무르면
흐름이 안정된다

비운 상태 속에서
나는 고요해진다

오늘의 한마디

비운 채 머물면 마음이 고요해진다.

◤ 나의 문장

나는 비운 상태를 얼마나 유지하고 있는가?

77 비워낸 상태를 유지하다

비워낸 뒤에도
나는 다시 채워 넣는다

익숙한 습관은
쉽게 돌아온다

나는 가벼워진 상태를
지키지 못한다

하지만 유지하면
흐름이 이어진다

지켜낸 자리에서
나는 안정된다

오늘의 한마디

비워낸 상태를 지키는 것이 중요하다.

나는 오늘 비워낸 상태를 유지한다.
다시 채우지 않도록 지킨다.
유지하는 만큼 나는 안정된다.

나는 비워낸 상태를 얼마나 잘 지키고 있는가?

# 78 붙잡지 않고 흘려보내다

생각은 계속 떠오르지만
나는 그것을 붙잡는다

붙잡는 순간
흐름은 멈춘다

나는 흘러가는 것을
붙잡아 두려 한다

하지만 흘려보내면
흐름이 이어진다

흐르는 순간 속에서
나는 편안해진다

오늘의 한마디
흘려보내면 마음이 가벼워진다.

나는 오늘 붙잡지 않고 흘려보낸다.
떠오른 생각을 그대로 둔다.
흘려보내는 순간 나는 편안해진다.

나의 문장

나는 어떤 생각을 붙잡고 놓지 못하고 있는가?

79 남김없이 비우다

조금 남겨둔 것들이
다시 쌓이기 시작한다

완전히 비우지 못하면
흐름이 막힌다

나는 일부를 남긴 채
안심하려 한다

하지만 남김없이 비우면
공간이 완전히 열린다

비워낸 상태에서
나는 자유로워진다

완전히 비울 때 흐름이 열린다.

▶ 오늘의 필사

나는 오늘 남김없이 비운다.
조금도 남겨두지 않는다.
비워낸 만큼 나는 자유로워진다.

▶ 나의 문장

나는 무엇을 완전히 비우지 못하고 있는가?

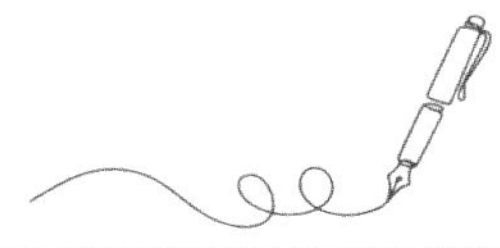

80 가볍게 살아가다

오늘의 낭독

무거움을 안고 살수록
나는 더 지쳐간다

쌓인 것들이
나를 붙잡는다

나는 가벼워지지 못한 채
계속 이어간다

하지만 덜어내면
삶이 부드러워진다

가벼운 상태에서
나는 자유롭게 흐른다

오늘의 한마디

가벼울수록 삶은 부드러워진다.

◤ 오늘의 필사

나는 오늘 가볍게 살아간다.
무거움을 내려놓는다.
가벼워진 만큼 나는 자유로워진다.

◤ 나의 문장

나는 얼마나 가볍게 살아가고 있는가?

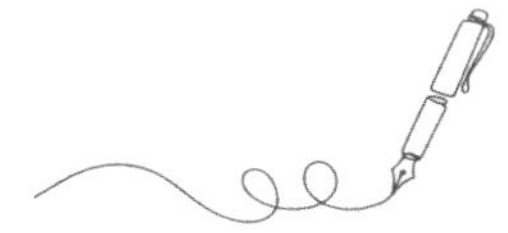

아무것도 하지 않아도 괜찮습니다.
그대로 있어도, 이미 충분합니다.

Part 5

쉼

▶ 존재와 회복의 단계 ◀

81 쉬어가다

계속 나아가려 할수록
나는 더 지쳐간다

멈추지 못한 채
흐름을 이어간다

나는 쉬지 않고
계속 움직인다

하지만 잠시 쉬어가면
리듬이 되살아난다

멈춘 자리에서
나는 다시 숨을 쉰다

▼ 오늘의 한마디

쉬어갈 때 흐름이 이어진다.

나는 오늘 쉬어간다.
잠시 멈춰 숨을 고른다.
쉬는 순간 나는 다시 살아난다.

나는 얼마나 자주 스스로를 쉬게 하고 있는가?

82 아무것도 하지 않다

무언가를 해야 한다는 생각이
나를 계속 움직이게 만든다

가만히 있는 시간은
불안하게 느껴진다

나는 멈추지 못한 채
무언가를 이어간다

하지만 아무것도 하지 않으면
흐름이 가라앉는다

비워진 시간 속에서
나는 고요해진다

오늘의 한마디

아무것도 하지 않아도 괜찮다.

나는 오늘 아무것도 하지 않는다.
억지로 움직이지 않는다.
멈추는 순간 나는 고요해진다.

나의 문장

나는 왜 아무것도 하지 않는 시간을 두려워하는가?

83　가만히 있다

가만히 있는 일은
생각보다 쉽지 않다

몸은 계속 움직이려 하고
마음은 흩어진다

나는 멈추지 못한 채
계속 이어간다

하지만 가만히 있으면
흐름이 잦아든다

고요한 순간 속에서
나는 차분해진다

가만히 있을 때 마음이 정리된다.

▼ 오늘의 필사

나는 오늘 가만히 있는다.
움직이지 않고 머문다.
가만히 있는 순간 나는 차분해진다.

▼ 나의 문장

나는 얼마나 오래 가만히 있을 수 있는가?

84 그대로 머물다

나는 계속 변화를
만들어내려 한다

멈추지 못한 채
무언가를 바꾸려 한다

이미 충분한 상태에서도
나는 움직이려 한다

하지만 그대로 머물면
흐름이 안정된다

변하지 않는 자리에서
나는 편안해진다

오늘의 한마디

그대로 있어도 괜찮다.

나는 오늘 그대로 머문다.
바꾸려 하지 않는다.
머무는 순간 나는 편안해진다.

나의 문장

나는 왜 지금 상태를 그대로 두지 못하는가?

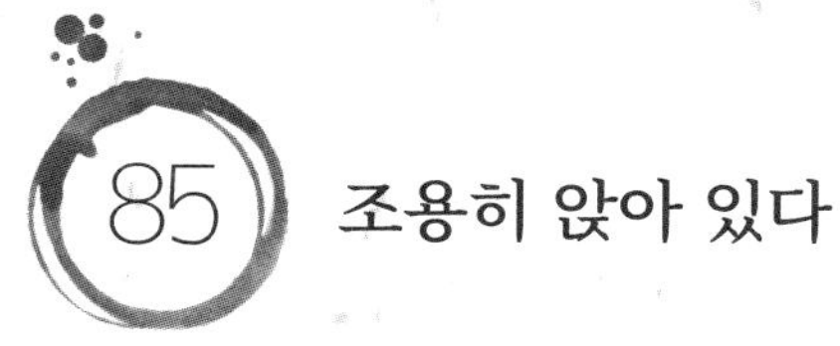

85 조용히 앉아 있다

조용한 자리에 있어도
나는 쉽게 머물지 못한다

생각은 이어지고
몸은 움직이려 한다

나는 고요를 견디지 못한 채
다시 움직인다

하지만 조용히 앉아 있으면
흐름이 가라앉는다

고요한 자리에서
나는 안정을 찾는다

오늘의 한마디

고요 속에서 마음은 쉬게 된다.

나는 오늘 조용히 앉아 있다.
아무것도 하지 않고 머문다.
앉아 있는 순간 나는 안정된다.

나의 문장

나는 고요한 시간을 얼마나 견디고 있는가?

86 몸을 쉬게 하다

몸은 쉬어야 하지만
나는 계속 움직이게 한다

멈추지 못한 채
무리하게 이어간다

나는 몸의 신호를
외면하고 있다

하지만 몸을 쉬게 하면
긴장이 풀린다

이완된 상태에서
나는 편안해진다

오늘의 한마디

몸을 쉬게 하면 마음도 풀린다.

192

▌ 오늘의 필사

나는 오늘 몸을 쉬게 한다.
무리하지 않고 멈춘다.
쉬는 순간 나는 편안해진다.

▌ 나의 문장

나는 내 몸을 충분히 쉬게 하고 있는가?

하루를 비우다

오늘의 낭독

하루를 채우려 할수록
나는 더 지쳐간다

쌓인 일들이
마음을 무겁게 만든다

나는 비워내지 못한 채
하루를 이어간다

하지만 비워내면
흐름이 가벼워진다

비워진 하루 속에서
나는 쉰다

오늘의 한마디

비워낼 때 하루가 가벼워진다.

나는 오늘 하루를 비워낸다.
쌓인 것을 내려놓는다.
비워낸 만큼 나는 쉰다.

나는 오늘 무엇을 비워내지 못하고 있는가?

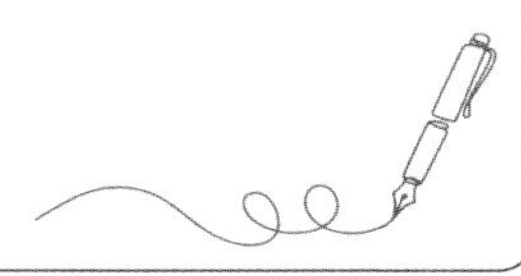

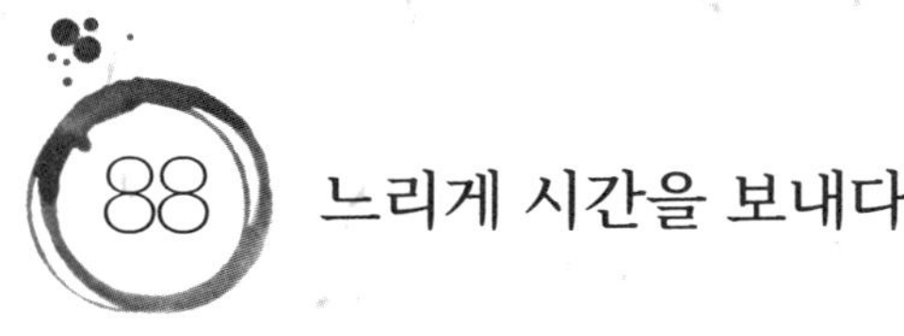

느리게 시간을 보내다

▼ 오늘의 낭독

시간은 흐르고 있지만
나는 그 속도를 따라가지 못한다

빠르게 흘러가는 하루가
나를 몰아붙인다

나는 서두르며
시간을 채운다

하지만 느리게 보내면
흐름이 달라진다

느린 시간 속에서
나는 여유를 느낀다

▼ 오늘의 한마디
느리게 흐를 때 여유가 생긴다.

나는 오늘 시간을 느리게 토낸다.
서두르지 않고 머문다.
느려지는 순간 나는 여유를 느낀다.

◥ 나의 문장

나는 시간을 얼마나 여유 있게 보내고 있는가?

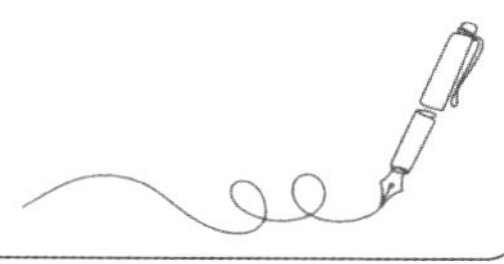

89 쉼을 받아들이다

▼ 오늘의 낭독

쉬는 일은 필요하지만
나는 그것을 미룬다

멈추는 것이
부족한 것처럼 느껴진다

나는 쉬지 못한 채
계속 이어간다

하지만 받아들이면
흐름이 달라진다

쉼을 인정하는 순간
나는 편안해진다

▼ 오늘의 한마디

쉼을 받아들일 때 마음이 풀린다.

나는 오늘 쉼을 받아들인다.
멈추는 시간을 허락한다.
받아들이는 순간 나는 편안해진다.

나는 쉼을 얼마나 자연스럽게 받아들이고 있는가?

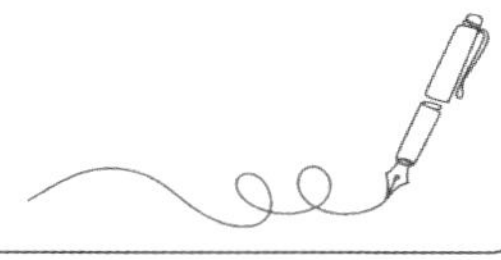

멈춘 채 머물다

▌ 오늘의 낭독

멈추었어도
나는 다시 움직이려 한다

가만히 있는 상태가
어색하게 느껴진다

나는 멈춘 채
머물지 못한다

하지만 그대로 두면
흐름이 안정된다

멈춘 상태 속에서
나는 고요해진다

▌ 오늘의 한마디
멈춘 채 머물러도 괜찮다.

오늘의 필사

나는 오늘 멈춘 채 머문다.
다시 움직이려 하지 않는다.
머무는 순간 나는 고요해진다.

나의 문장

나는 멈춘 상태를 얼마나 유지할 수 있는가?

91 쉬는 하루를 보내다

▷ 오늘의 낭독

하루를 채우려 할수록
나는 더 지쳐간다

비어 있는 시간이
불안하게 느껴진다

나는 쉬지 못한 채
계속 이어간다

하지만 쉬는 하루를 보내면
흐름이 달라진다

멈춘 하루 속에서
나는 회복된다

▷ 오늘의 한마디

쉬는 하루도 충분하다.

나는 오늘 쉬는 하루를 보낸다.
무언가를 채우려 하지 않는다.
쉬는 순간 나는 회복된다.

나의 문장

나는 얼마나 온전히 쉬는 하루를 보내고 있는가?

 **92 조용히 시간을 보내다**

조용한 시간은
쉽게 사라진다

나는 소리와 움직임 속에서
하루를 보낸다

고요한 순간을
의식하지 못한다

하지만 조용히 보내면
흐름이 잦아든다

고요한 시간 속에서
나는 안정된다

조용한 시간은 마음을 정리한다.

▶ 오늘의 필사

나는 오늘 조용히 시간을 보낸다.
불필요한 소리를 줄인다.
조용한 순간 나는 안정된다.

▶ 나의 문장

나는 얼마나 조용한 시간을 가지고 있는가?

93 아무것도 하지 않는 시간을 가지다

무언가를 해야 한다는 생각이
나를 계속 움직이게 만든다

가만히 있는 시간은
불안하게 다가온다

나는 멈추지 못한 채
무언가를 이어간다

하지만 아무것도 하지 않으면
흐름이 가라앉는다

비워진 시간 속에서
나는 고요해진다

오늘의 한마디

아무것도 하지 않는 시간도 필요하다.

나는 오늘 아무것도 하지 않는 시간을 가진다.
억지로 움직이지 않는다.
멈추는 순간 나는 고요해진다.

▼ 나의 문장

나는 왜 아무것도 하지 않는 시간을 피하고 있는가?

94 흐름을 그대로 흘려보내다

생각은 계속 떠오르지만
나는 그것을 붙잡는다

붙잡는 순간
흐름은 멈춘다

나는 흘러가는 것을
멈추려 한다

하지만 그대로 두면
흐름이 이어진다

흘러가는 순간 속에서
나는 편안해진다

오늘의 한마디

흐름은 그대로 두어야 이어진다.

▶ 오늘의 필사

나는 오늘 흐름을 흘려보낸다.
붙잡지 않고 그대로 둔다.
흘려보내는 순간 나는 편안해진다.

▶ 나의 문장

나는 무엇을 붙잡고 흐르지 못하게 하고 있는가?

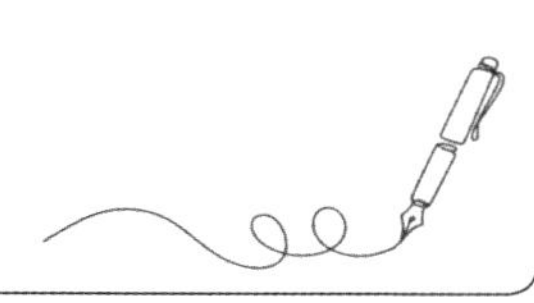

95 몸을 내려놓다

몸에 힘이 들어갈수록
나는 더 긴장한다

움직임은 굳어지고
호흡은 짧아진다

나는 힘을 뺄 줄 모르고
계속 버틴다

하지만 내려놓으면
흐름이 부드러워진다

이완된 상태에서
나는 편안해진다

오늘의 한마디

힘을 내려놓으면 몸이 풀린다.

나는 오늘 몸을 내려놓는다.
힘을 빼고 이완한다.
내려놓는 순간 나는 편안해진다.

◤ 나의 문장

지금 내 몸에서 힘이 들어간 곳은 어디인가?

96 쉬어도 괜찮다고 받아들이다

쉬는 일은 필요하지만
나는 그것을 미룬다

멈추는 것이
부족함처럼 느껴진다

나는 쉬지 못한 채
계속 이어간다

하지만 받아들이면
흐름이 달라진다

쉬어도 괜찮다고 받아들이는 순간
나는 편안해진다

쉬어도 괜찮다.

나는 오늘 쉬어도 괜찮다고 받아들인다.
멈추는 시간을 허락한다.
받아들이는 순간 나는 편안해진다.

나는 쉬는 것을 얼마나 허락하고 있는가?

97 천천히 하루를 이어가다

빠르게 살아갈수록
나는 더 지쳐간다

서두르는 흐름 속에서
마음은 흔들린다

나는 멈추지 못한 채
계속 이어간다

하지만 천천히 가면
흐름이 안정된다

느린 하루 속에서
나는 편안해진다

오늘의 한마디
천천히 가도 충분하다.

214

나는 오늘 천천히 하루를 이어간다.
서두르지 않고 움직인다.
느려지는 순간 나는 안정된다.

나의 문장

나는 하루를 얼마나 천천히 살아가고 있는가?

98 멈춘 상태로 살아가다

나는 계속 움직여야 한다고
생각하며 살아간다

멈춘 상태는
불안하게 느껴진다

나는 멈추지 못한 채
흐름을 이어간다

하지만 멈춘 채 살아가면
리듬이 달라진다

고요한 상태 속에서
나는 안정된다

오늘의 한마디
멈춘 상태도 삶의 일부다.

오늘의 필사

나는 오늘 멈춘 상태로 살아간다.
조급함을 내려놓는다.
머무는 순간 나는 안정된다.

나의 문장

나는 멈춘 상태를 얼마나 받아들이고 있는가?

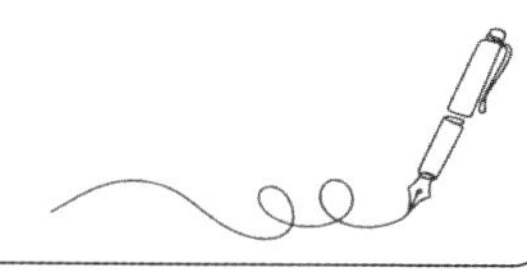

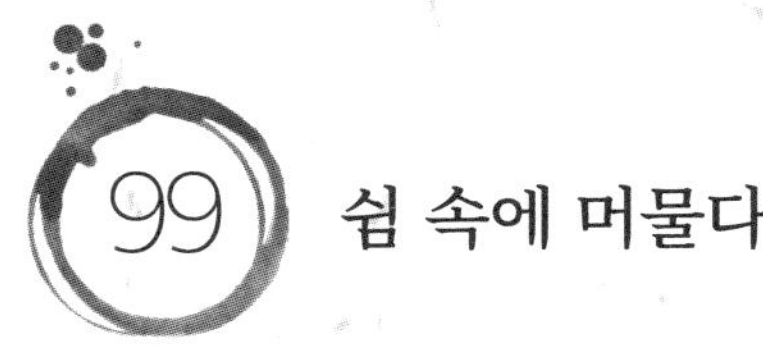

99 쉼 속에 머물다

▶ 오늘의 낭독

쉼은 잠시 머무르는 것이지만
나는 금세 떠나려 한다

고요한 시간은
짧게 지나간다

나는 다시 움직이려 하며
쉼을 끝낸다

하지만 머무르면
흐름이 깊어진다

쉼 속에서
나는 회복된다

▶ 오늘의 한마디
쉼 속에 머물러야 회복된다.

나는 오늘 쉼 속에 머문다.
서두르지 않고 머문다.
머무는 순간 나는 회복된다.

나는 쉼 속에 얼마나 오래 머물 수 있는가?

그대로 존재하다

나는 계속 무언가를
해야 한다고 생각한다

존재하는 것만으로는
부족하게 느껴진다

나는 채우려 하며
나를 증명하려 한다

하지만 그대로 존재하면
흐름이 완성된다

아무것도 하지 않아도
나는 이미 충분하다

오늘의 한마디
그대로 존재해도 충분하다.

나는 오늘 그대로 존재한다.
무언가를 증명하려 하지 않는다.
있는 그대로 나는 충분하다.

나는 있는 그대로의 나를 받아들이고 있는가?